To Diane!

UNTRANSLATED NATURE

KÄÄNTÄMÄTÖN LUONTO

hope you find
some inspiration
in this! in nature!
love'n'peace
Andy Willoughby x
2026
Durham

POETRY anthology

ENGLISH-FINNISH-ENGLANTI-SUOMI

Untranslated Nature - Kääntämätön Luonto: Poetry Anthology - Runoantologia

Edited by Andy Willoughby and Zoila Forss
Cover and design by Zoila Forss
Translators, style revision and workshops:
Andy Willoughby, Zoila Forss, Kasper Salonen,
Lauri Vanhala, Kalle Niinikangas, Ursula Anttila-Halinen
Coordinator: Riika Kotka

RUNOSVENGI -KOLLEKTIIVI ©

Published by **Rosetta Versos, Suomi-Finland**
Printed by Valmistaja: BoD – Books on Demand, Norderstedt, Saksa
Ensimmäinen painos - First edition 2021

ISBN 978-952-68960-2-1 (nid.)
ISBN 978-952-68960-3-8 (PDF)
ISBN 978-952-68960-4-5 (EPUB)

KÄÄNTÄMÄTÖN LUONTO

UNTRANSLATED NATURE

Runoantologia

ENGLANTI-SUOMI-ENGLISH-FINNISH

Contents Sisällys

Introduction Johdanto

Runosvengin runoilijakollektiivi (Anttila-Halinen, Forss, Helle-Kotka, Kotamäki, Sainio) on toiminut vuodesta 2017 lähtien pääkaupunkiseudulla esiintyen muun muassa kirjastoissa ja kahviloissa. Tilaisuudet ovat olleet kaikille avoimia tapahtumia, joista osa on open mic -tilaisuuksia sekä työpajoja. Runosvengin monikulttuurinen Voices of Finland -tapahtuma on osa vuosittaista Satakielikuukautta.

"Kääntämätön luonto" -runoantologia on Runosvengin ensimmäinen kirjan muotoon painettu julkaisu, johon on koottu kollektiivin viisikon runojen lisäksi heidän työpajoissaan tai muissa tilaisuuksissaan ahkerasti käyneiden runoilijoiden tekstejä. Tämä runoantologia julkaistaan osana yhteistyötä englantilaisen runoilija Andy Willoughbyn kanssa, joka ohjasi runotyöpajoja Helsingissä vuonna 2019.

Runosvengi uskoo runouden kuuluvan kaikille ja haluaa toiminnallaan viedä runoutta sinne missä ihmiset liikkuvat. Antologian kautta Runosvengi tuo esille runojen käännöstyön merkityksen. Tiedämme, että runoja ei voida aina kääntää onnistuneesti syntaktisten, tyylillisten ja kulttuuristen mallien erojen vuoksi, mutta monimuotoisuutemme on myös luonteemme. Käännöstyö on aina tulkintaa niin kuin elämäkin, ihmisluonto ja koko luonto kokonaisuudessaan jatkuvana runouden inspiraation lähteenä.

Runosvengi poetry collective (Anttila-Halinen, Forss, Helle-Kotka, Kotamäki and Sainio) has been performing since 2017 in the Helsinki metropolitan area, including libraries and cafés. These events are open to the public, some of which are open mic events and workshops. Runosvengi's multicultural Voices of Finland event is a part of the annual Hundred Language Month.

"Untranslated Nature" anthology is Runosvengi's first printed publication in the form of a book, which brings together poets who have attended its workshop or other events. This poetry anthology is released as a part of the collaboration work with the English poet Andy Willoughby, who led poetryworkshops in Helsinki during 2019.

Runosvengi believes that poetry belongs to everyone and wants to take poetry where people move. Through the anthology, Runosvengi brings out new literary texts and the significance of their translation. We are aware that poems can't be always translated successfully due to the differences between syntactical, stylistic and cultural patterns, but our diversity is also our nature. Translation work is always interpreted as the whole of life, human nature, and the whole of nature as a constant source of inspiration for poetry.

Riika Kotka
Runosvengin koordinaattori / coordinador

Foreword Esipuhe

We are living in a time where being divorced from nature, failing to recognise ourselves as part of a web, not as separate entities, has become an existential threat of increasing urgency, a threat to us as humans and to every other living thing on our most amazing planet. In this context we have produced this anthology - where poets look into the natural world and report back what they have experienced - a mirror into themselves, a warning, a need to sing and celebrate and be one, an estrangement or a unification. This anthology follows a series of experimental workshops, which I was invited to lead in 2019 by the Runosvengi poetry collective at the fantastic Oodi Library in Helsinki, where we agreed that, like the original Romantic poets, we felt that the poet must place themselves in nature or seek it within themselves, to re-establish connection with the macrocosm and consider humanity's place in the ecosystem and how natural imagery is a gateway into our inner being. I think the result is a wonderfully diverse gathering of voices that I hope takes the reader into a kaleidoscopic vision of our brief moment in time and encourages them, in the aftermath of a global pandemic, to deeply consider their relationship to the natural world.

Andy Willoughby

Every time conscience chooses a human experience, it also gets ready for a distracting noise. Its journey along the leafy forest of our heads is full of articulated pathways, warnings and blind alleys. Any kind of oracle or map doesn't last longer than a battery.

In order to have a safe trip, conscience creates a bio sonar that hits the human throat and sharps the corners of the word. The nature of that mechanism is not exclusively human, how about the word?

The written word is the path that brings us together into these unparalleled times, when nature looks the way to be read. We, artisans of the word, merge our bio sonars to break the noise and take the sharp word of a poem into your leafy forest.

Let's follow the path of the articulated world in untranslated nature's own words.

Zoila Forss

Ursula Anttila-Halinen

poimin runooni
lumiauringon
puiden varjot
lentävän linnun vaimean äänen
unohdit minut, talvenkalpea jasmiinipensas huomautti
pahoilla mielin

I picked for my poem
the snowy sun
the shadows of the trees
the muffled voice of a flying bird
you forgot me, the wintry pale jasmine bush
reminded me, hurt

Translated by Teemu Halinen and Andy Willoughby

Ursula Anttila-Halinen

luonnon viatonta symmetriaa
lehtien fraktaaleja
terälehtien Fibonaccin lukuja
siemenkota kiertyy kultaisena leikkauksena

tuuli muodostuu atomien liikkeestä
kuljettaa ajatukseni
siniselle taivaalle
  ajelehtimaan
muotoaan muuttavien pilvien mukaan

the innocent symmetry of nature
leaf fractals
Fibonacci sequence in petals
the golden ratio in a seedcase

the dance of atoms creates the wind
that takes my thoughts
up to the blue sky
  to drift
among the constantly changing
clouds

Translated by Teemu Halinen and Andy Willoughby

Ursula Anttila-Halinen

kuuma iltapäivä pinjametsässä
rannalle menossa
Maria Pian vaalea hiekka jalan alla
meri kohisee
matkalla lapsuuteen
sama taivas ja aurinko
männyn tuoksu
neulaset polulla
tuuli heiluttaa puita
aika on kadonnut

a hot afternoon in a pine forest
walking to the seashore
Maria Pia's light sand under my foot
the sea is murmuring
I'm on my way to childhood
the same sky and sun
the scent of pine trees
their needles on the trail
trees are swinging in the wind
time has vanished

Translated by Teemu Halinen and Andy Willoughby

Ursula Anttila-Halinen

ruhtinatar olen kaukaa idästä
muinoin nimillä tunnettiin
Hehkeähipiä ja Silkkiposki

tänne suostuin juurtumaan
pakkasta, paahdetta sietämään
kasvatin suurta sukuani, suotta
sillä juuret kohta revitään
kauniit päät katkaistaan

antautumaan en ole luotu
häviämään en suostu
mutta kaksi on pilkkaa kauheaa
nimitystä julmaa, loukkaavaa
ensimmäinen on "vieras"
ja toinen "kurttu"

maanpakoon sitten vaan
jotain minusta aina jää
kohta kukoistan ja hallitsen uudestaan
sen lupaan
minä raivoisa Rosa Rugosa
ruhtinatar kielletyn maan

I'm a princess from the faraway East
where they used to call me
She who has a smooth and soft skin

I barely tolerated to root here
to suffer drought and freeze
I raised a large family, vainly
soon will our roots be ripped
and our heads will be cut off

I shall not surrender
never will I be overthrown
but they have given me
two horrible names
the first is "non-native"
and the second is "pucker"

banishment shall be my fate
but there will always remain
some parts of me left
and before too long
I will bloom and reign again
I promise that
therefore my name is
Furious Rosa Rugosa
Princess of the Forbidden Land

Ursula Anttila-Halinen

Translated by Teemu Halinen and Andy Willoughby

Ursula Anttila-Halinen

Kirsikkapuu kukkii (tanka)

oi, kirsikkapuu
meidän oma hanami
ihailemme sua
ei haittaa että olet
naapurin puutarhassa

oh you cherry tree
our very own hanami
we adore you so
it doesn't matter that you stand
in the neighbour's property

A cherry tree blossoms (tanka)

Translated by Teemu Halinen and Andy Willoughby

O.R. Helle-Kotka

Loppusijoitus

Kokoelmasta "Ja minua pelotti kun sammakko nauroi"

Kohtu vai kaatopaikka?
Muovijätteet kelluvat
laineilla muistolaattoina.
Ei päästä pois alkumerestä,
lapsivedestä.
Kaatopaikkana
Atlantin jätepyörre.
Pullopostien kuskeina merivirrat.
Me tukehdumme.

Uterus or junkyard?
Plastic trash floats on the waves
like memorial plaques;
won't let us out of the primordial sea.
The amniotic fluid.
Our dump
the North Atlantic garbage patch.
Ocean currents
bus bottled messages around.
We suffocate.

Repository

Translated by Kasper Salonen

O.R. Helle-Kotka

Loitsu

Taivaannaula rautakynsi
sulalla sui virukset pois.
Polta pelko karrelle, tulilintusemme.
Nouse taivaan hissikuiluun,
kokko tarkkanäköinen.
Tuo viesti kaukaa sanansaattajamme,
virvatulista toivomme.
Iske tulta taivaannaula,
iske kynsilläsi kiveen,
sinkoa kipinästä liekki.
Anna liekkiaallokon huuhtoa
epäilyksen yskös.
Anna toivolle siipiä
kannatteleva ilmavirta,
tuulitunneli huomiseen.

Spell

Axis mundi, nailed to the sky,
an iron claw feather-preens
all viruses away.
Burn fear to a crisp
to a crisp, you fiery bird.
Rise up heaven's elevator shaft, you keen-eyed bonfire.
Bring words from far away, you messenger,
we wish on the will-o'-the-wisps!
Strike fire, you sky-nail, blunt stone with your claws.
Hurl a flame from the sparks.
Let the burning wave wash away distrust.
Give hope a breath of air to keep its wings,
a wind tunnel leading into tomorrow.

O.R. Helle-Kotka

Translated by Kasper Salonen

O.R. Helle-Kotka

Manta kylvyssä

Maailma syntyi sotkan munasta
Ilmattaren polven liikahtaessa.
Itämeren aalloilla ratsasti viaton merenneito,
riisui pyrstönsä, paljasti pakaransa, kasvatti sirot sääret,
nousi kauppatorille merileijonien saattueessa
ihmisten tuijottaessa.
Jähmettyi pronssiin kuin Lootin suolainen vaimo.
Joskus tuulen ujeltaessa Itämeren vaahtokylvyssä,
neito laulaa,
merenneito ilman pyrstöä.

Mandy in the bath

The world was born of a mess of an egg
broken by a kneeling goddess.
An innocent mermaid rode
on the waves of the Baltic Sea,
took off her tail, exposed her butt, raised tender legs,
went up to the market square with the sealions
as people stared.
Solidified in bronze like Lot's salty wife.
Sometimes, when the wind whirls
in the Baltic Sea foam bath,
the maid sings,
mermaid without her tail.

O.R. Helle-Kotka

Translated by the author and Andy Willoughby

O.R. Helle-Kotka

Välitila

Silmäkulmani kostuttava unieni
ryhävalas siivilöi, kelluu aaltojen
selkäevällä.
Ajatukseni huutavat navigaattorina
betoniseinien läpi, sinisen
hetken halki yön luikkiessa
stratosfääriin.

Tsunamin hotkaisemana vajoan kadonneen
Atlantiksen kujille pakolaisena.
Sydän vereslihalla, jalat betoniin valettuna
etsin sunnuntaita tähtimerestä,
avaruusromun heijastuksesta
katvetoivon kajo iiriksessä.
Jonain päivänä marssin Marsiin,
istutan koivun kraatteriin.

Aurinko twerkkaa, pyöräytän voltin,
meri klooraa, lainehtii, kuplii.
Kasvatin suomut ja pyrstön,
painuin pohjaan eikä yksikään seireeni,
ikävien uutisten sanansaattajana
saanut minua kynsiinsä
kuun pimeältä puolelta.

Runo voitti toisen sijan kansainvälisessä runovideokilpailussa Lahden Runomaratonissa 2019

The humpback whale of of my dreams
that dampens my eyes
sieves through, floats on
the dorsal fins of waves.
My thoughts are a navigator
yelling through concrete walls,
through a blue moment
as the night slinks into the stratosphere.

Guzzled by a tsunami,
I sink down to the lost alleys of Atlantis as a refugee.
My bleeding heart on my sleeve, my feet in concrete
I search for Sunday in a sea of stars,
in the reflections of orbital debris
with a glimmer of blind hope in my iris.
One day I will march to Mars,
and plant a birch in a crater.

The sun is twerking, I leap in a somersault,
the sea chlorinates, churns, and bubbles.
I grew scales and a tail,
I fled to the bottom and not one siren,
no bearer of bad news
could catch me in her claws
on the dark side of the moon.

Between

O.R. Helle-Kotka

Translated by Kasper Salonen

The poem won second place in the International Poetry Video Competition at the Lahti Poetry Marathon in 2019

O.R. Helle-Kotka

Pikajuoksija

Kokoelmasta *"Kun korot kopisivat tyhjässä pesässä"*

Lakkasin kynteni
kun lakkasin laulamasta.
Punainen väri karjui sormenpäissäni,
juoksin nilkkani nurin.
Korkkariproteesi lonksui rytmissä.

I painted my nails
when I stopped singing.
The red color roared in my fingertips,
I ran and hurt my ankle;
my high heel prosthesis clattered
exactly in tune.

Sprinter

O.R. Helle-Kotka
Translated by Kasper Salonen

Leena Sainio

Requiem

Tänä yönä,
tänä tuulisena yönä
soi metsän sekakuoro
vailla johtajaa, vailla yleisöä,
omin latvoin ad libitum.

Pajut päästelevät sopraanonaukuja
kissojensa raapimina.
Haapojen altot havisevat, kahisevat
keltaharmaissa kesäpuvuissaan.
Hongat honottavat tenoristemmojaan -
joku huojuu muita ylempänä:
  "Miserere!"
Kuusten alaoksat murisevat urkupisteitään ja
yrittävät turhaan tavoitella harmoniaa.
Alavireisyys on käsinkosketeltavaa,
kakofonia huumaavaa.

Tuuli yltyy, kuoro ulvoo ekstaattisesti
tulevaa, tapahtuvaa:
  pajunvitsojen ruoskimana,
  haavat kyljissä,
  honkien hiki liinassa,
  korahtelee metsä viimeisillään
  kuusiristiin naulittuna.
  Se haukkoo ilmaa – sävelet ovat lopussa.

Tuulen tyynnyttyä, myrskyn laannuttua
seisovat korkeat laulajat,
luonnon pyhimykset ja marttyyrit
ylväinä ja rauhallisina.
Dona nobis pacem.

Hakkuut alkavat aamulla.

Leena Sainio

Requiem

Translated by Leena Sainio and Kasper Salonen

This night,
this windy night,
the mixed choir of the forest sounds out
without a conductor, without an audience,
its own treetops ad libitum.

The willows emit their soprano meows
scratched by their cats.
The aspen altos sighing, soughing
in their yellow-grey summer frocks.
The pines twang their tenor lines -
somebody sways above the others:
  "Miserere!"
The lower spruce branches snarl their pedal points,
they try to reach harmony in vain.
The softness is palpable,
the cacophony intoxicating.

The wind rises, the choir howls in ecstasy
all coming things to be:
  whipped by willow branches,
  wounds in their sides,
  pine sweat in linen,
  the forest croaks on its last legs
  nailed on a cross of spruce.
  Breathless it gasps – the tones have come to their end.

After the wind has stilled, the storm calmed down
the high singers stand,
nature's saints and martyrs
so noble and tranquil.
Dona nobis pacem.

The logging will start in the morning.

Leena Sainio

Ja kenet kruunaamme koronakruunulla tänään?

Hoitajat, lääkärit
hallituksen, presidentin?
Vai kunnon kansalaiset jotka
pysyvät kiltisti kotona
kun käsketään
tai koska ymmärtävät parhaansa?

Vai asetammeko kruunun
itse luontoäidin
vehreille hiuksille?
Luonnon, joka valtaistuimellaan
hengittää nyt paremmin
kuin aikoihin.

And who will we adorn with a corona crown today?

Nurses, doctors,
the government, the president?
Or the upstanding citizens who
play nice and stay home
when they're told
or because they know what's best?

Or will we place the crown
upon the green locks
of Mother Nature herself?
Nature, who on her throne
breathes freer now
than in ages.

Leena Sainio
Translated by Kasper Salonen

Leena Sainio

Syväjäädytetyt

Syväjäädytetyt ovat tilanneet herätyksen
viimeiseksi päiväksi. Silloin he nousevat ylös,
kello kuusi.

Silloin myös selviää, mahtuvatko he taivaslaivaan,
matkaavatko he toiselle planeetalle
muukalaisina muukalaisten pällisteltäviksi

vai alkaako mätäneminen yhtä aikaa sulamisen kanssa.
Että ehtikö se viimeinen päivä jo mennä?

The deep-frozen have ordered a wake-up call
for the last day. Then they will rise,
at six o'clock.

They'll also find out if there's room on the sky ship,
will they be travelling to a distant planet,
aliens to be gawked at by aliens

or will they start to rot as they melt.
Did the last day already pass them by?

The deep-frozen

Translated by Kasper Salonen

Leena Sainio

The Marriage

Mr. Der Tod and Miss La Mort
met each other on the moor.
They fell in love at first sight
and their views were clear and bright:

"Marry me, Miss La Mort,
and I swear, it is for sure,
that we will reign the whole world more
than we do now or did before!"
and so spoke Mister Der Tod,
and Miss La Mort spread out her thought:

"Yes, my darling, so will it be,
the plan is splendid, I agree.
Make the breaths of the dying stop
then we shall drink their bloods' last drop,
and let us toast with golden bowls
while I sing lullabies to their souls."

And so they did, Der Tod and La Mort,
and now their children are demanding more.
Death's power is huge on earth
but has no strenght without Birth.

Pirjo Kotamäki

Eremo delle Carceri / Monte Subasion lepoon

Kokoelmasta *"Villit linnut olkapäillä -*
runoja Franciscus Assisilaisesta" *(Basam Books, 2020)*

Nyt veljet eivät näe enää varjoakaan:
                                    silmät ovat olleet auki liian kauan.

Veli aurinko on paahtanut ruumiimme; omaan varjoomme asti.

Nämä vuoret vaeltavat suoraan sisääni:
ne ottavat syliin,
ne avautuvat, ne liikkuvat, jäsen jäseneltä olen samaa vuorta,

tämä kivinen napanuora suoraan lähteeseen:
olemme kytketyt lepoon,

jäsenemme kallion syvyyksissä,
painaudun kiinni,

pikku kivet sisälläni, pyörivät ja etsivät paikkaa:
syvempään,   rauhaan,

vuoren kiviset lihakset vasten poskeani:
lohduttavat, pitävät kiinni,

tämä kivinen vuode pitää ruumiimme paikoillaan;
jalkamme, sielumme,

ulkona Veli aurinko on tänään antelias ja loistava.

Olemme kytketyt vaellukseen,
olemme kytketyt jalkoihimme kiinni,
varpaat puristuvat kallioon ja hiekkaan ja
kivet varisevat tieltämme   (vuoret vaeltavat kanssamme):

Tämä Paikka aina mukanamme.

Eremo delle Carceri / Monte Subasio

Translated by Kasper Salonen
From the Collection *"Wild birds on the shoulders"*, Pirjo Kotamäki

Now the Brothers can't even see their shadows:
their eyes have been open too long.

Brother Sun has scorched our bodies; burned us down to our shadows.

These mountains wander right inside me,
they embrace me,
they open, they are moving, limb by limb I become these mountains,

this rocky umbilical cord linked to the source:
we are fastened in repose,

our limbs in the depths of the rock,
I press myself in,

little stones inside me, rolling around and finding their place:
deeper, into peace,

the stony muscles of the mountain against my cheek:
comforting me, holding me tight,

this rocky bed keeps our bodies in place;
our feet, our soul,

outside, today, Brother Sun is generous and glorious.

We are bound to wandering,
we are bound to our own feet,
our toes squeeze into the rock and the sand and
stones crumble in our path (the mountains wander with us):

This Place always with us.

Pirjo Kotamäki

Uutelan erakko

Kokoelmasta "Ihmeellinen luontoni" (Mediapinta, 2017)

Luominen oli kertomus.
Ensi hetkestä alkaen erakko valui vaatteinensa toiseen maailmaan.
Tapetti huoneessa rohtui täyteen läikikkäitä kuvioita joita tulkittiin,
niin ihmisvoimin kuin nakertajien;
verhoja ei ollut, ei muuta kuin yö,
ja Erakko sanoi:
Minä lähden tästä kertomuksesta pois, ja
askelsi metsään, oli metsässä, oli metsästä
        jonnekin, jouten ja hitaasti,
lihakset särkivät ja metsän vuode oli sammal, maatunut käsi,
maatunut suu jolla
puhuminen vaikeutuu, sitten
harvenee,
hänen korvansa kuumottivat,
pilvet vaelsivat silmissä ja niissä tuuli.
Hän ikään kuin huojui yrittäessään puhua ääneti,
metsän kahinan mukaisesti.
Hän laskeutui nukkumaan veden pohjaan kuin kuu,
hän valaisi itse itsensä oudoin tähtikuvioin ja
puhui sen jälkeen pelkkää metsää,
kuivettunutta puun hankaa pitkin,
aivan lahoamiseen asti.

Hermit in Uutela

Translated by Kasper Salonen
From the collection "Ihmeellinen luontoni", Pirjo Kotamäki

Creation was a story.
From the first moment, the hermit flowed to the other world
with his clothes still on.
The wallpaper in the room was chapped with blotted patterns
which were interpreted
by the humans and the whittlers:
there were no curtains, nothing but the night,
and the hermit said: I will leave this story,
and stepped into the forest, was in the forest, was of the forest
going somewhere, idly and slowly,
his muscles ached and
moss was the forest's bed,
a decayed hand,
a decayed mouth that hindered his speech,
then slowly shut it down,
his ears burned,clouds wandered in his eyes and in them the wind,
he would sway when he tried to silently speak,
according to the rustling of the forest.
He lay down to sleep underwater like the moon,
he lit himself with strange constellations and
thereafter only spoke forest,
along a dry trunk,
until he fell to rot.

Pirjo Kotamäki

Kokoelmasta *"Lehtiä kuolleitten kirjaan" (Mediapinta, 2018)*

Kuolemalla ei ole vertauksia,
ei ainakaan nyt tähän hätään sopivaa.

On vain kylmä,
ja lumi kinostuu päälle,
valkoinen näkyy,
kengät jäivät jäljelle,
kaikki käytetyt vaatteet;
kierrätystä,

piikkilangan jäljet ja
menetät taajuutesi,
ohimolohkosi alkaa väristä kuin jokin vanha vastaanotin,
ti tii, ti tii,

Tämä sähke vastaanotetaan kaikessa hiljaisuudessa.

Puretaan viesti jälkeenpäin, vuosien saatossa.

From the collection "Lehtiä kuolleitten kirjaan", Pirjo Kotamäki
Translated by Kasper Salonen

Death has no metaphor,
at least not one at hand,

there's nothing but cold,
and snow is drifting over it,
the whiteness comes into view,
the shoes were left behind,
all the used clothes;
                                        recycling,

barbed wire markings and
you lose your frequency,
your temporal lobe begins to vibrate like some old receiver,
ti tii, ti tii, ti tii,

            This telegram will be received in all silence.

            We'll unravel the message afterwards,   in the course
                                                                          of many lives.

Zoila Forss

Ruven alle

Kokoelmasta *"Syytön harppuuna",* Rosetta Versos, 2018

Makeavesisilmä vuotamattomassa veneessä,
riutta sitoo sinut sairasvuoteseen ja kutsuu minua.
Kuljen kotisi kivi-ikkunan läpi
mukana ihmisen tuulahdus ja ääni joka vaatii meitä.

Liekki vesilähteen pupillissa, kuivuutesi itkettää minua

Tuulen kuume, pidä rappion rynnäköimää ovea
Olkoon suudelmasi tuhkan leima, mistä elämä puhkeaa

Keihäitten laulu tunkeutuu korvani labyrinttiin,
lävistän pahuuden suomupeitteen.
Peukaloni painaa, hellittää ja painaa
Kaivaa ylös haudasta nukkuvan nilviäisen joka näki unta
minusta
Ja raahaan sen syvyyteeni kauas sinusta

Ryhdikäs terätön karikko muistuttaa meitä
soutamisesta sodan hiessä
Tänään siitä on jälki ja tikit meren iholla

Ja voitonhuutoni, eetterin kuulema, on sinun
murtaen hiljaisuuden tuhansien metrien korkeudessa

Pistokkani, vedensuu, sinä puhut ukkosen kielellä
ja pelkojen viljelijän täytyy pelätä sinua

Silmä herää ilman nilviäisen mustetta

Rupi putoaa pois
itsestään
pois

Freshwater eye in an unleaking boat,
the reef ties you to a sickbed and calls me.
I go through the stone window of your home
together with a human breath and a voice that demand us.

Flame in the pupil of a water spring, your dryness makes my cry

Fever of wind, hold the door assaulted by decay
May your kiss be the stamp of ash that sprouts life

A song of spears spreads to the labyrinth of my ear
I pierce the scaly covering of evil
My thumb presses, eases and sinks
Exhumes the mollusc that dreamt of me
And I drag it to my depths   far from you

An upright, edgeless rock reminds us of rowing in the sweat of war
Today displays a mark and stiches in the skin of the sea

And my triumphal cry, heard by the ether, is yours
breaking the silence in altitudes of meters in the thousands

My sprig, watery mouthpiece, you speak in tongues of thunder
and you shall fill the fear sower with dread

The eye awakes without the dark ink of the mollusc

The scab drops
by itself

Under the scab

Zoila Forss

Translated by Anne Ketola

From the collection "Unguilty harpoon", Rosetta Versos, 2018

Zoila Forss

The Antarctic algae sees the roundness of the blue marble
and wants it. Spineless and midget, the chimera is eager
to embrace the sphere at once. More than courage will be
needed for such a fervent and unholy crusade.
Rising its head, it becomes the nest of everything that swims, flies
or walks.
Sharing out itself as a meal among every creature, it becomes a whale
and a boy, an eagle and a pig, and the spit of a spider.
Long and thin as a missing silky way, the algae ends
in the rubbish containers.
Ashen is the marble in the eye of any God.
A holy creator creeps back into the sea. Feeling blue.

Zoila Forss

Etelämantereen levä näkee sinisen marmorikuulan pyöreyden ja
haluaa sen. Selkärangaton ja kääpiökasvuinen, kimeera on innokas
syleilemään palloa heti. Enemmän kuin rohkeutta tarvitaan tällaiselle
kiihkeälle ja epäpyhälle ristiretkelle.
Nostaessaan päätään, siitä tulee pesä kaikelle, mikä ui, lentää
tai kävelee.
Jakaessaan itsensä ateriaksi jokaiselle olennolle, siitä tulee valas ja
poika, kotka ja sika, ja hämähäkin sylki.
Pitkänä ja ohuena kuin puuttuva silkkinen tie, levä päätyy
roskasäiliöihin.
Tuhkanharmaa on marmorikuula minkä tahansa Jumalan silmissä.
Pyhä luoja hiipii takaisin mereen. Tuntien sinistä.

Andy Willoughby

A Seed

In Niinikangas' garden
Little Toivo sings,
his name means hope,
his happy notes rise
as summer rain dampens
down the floating
Silver Poplar seeds.

He's in the moment
in his world,
which I am glad
is for a second, mine.

All things around him
alive and mutable
his goggles are a Pokemon
Octopus
dancing wild on the
metal bucket's rim,
the blue tits in the trees
are three huge eagles
and the rhythm of the rain
is a call to dance and sing
not a sign to feel despair
or take the washing in.

Niinikankaan puutarhassa
pieni Toivo laulaa,
hän on nimensä kaltainen,
hänen iloiset nuottinsa nousevat
kun kesän sade lakaisee
kelluvat
hopeapoppelin siemenet.

Hän on hetkessä
omassa maailmassaan,
joka ilokseni on
sekunnin ajan, minun.

Kaikki asiat hänen ympärillään
elävät ja muuttuvat
hänen suojalasinsa ovat Pokemonin
Mustekala
tanssimassa villinä
ämpärin kahvalla,
sinitiaiset puissa
ovat kolme valtavaa kotkaa
ja sateen rytmi
on kutsu tanssimaan ja laulamaan
ei merkki toivottomuudesta
tai pyykin viemisestä sisään.

Siemen

Runosvengin runokäännöstyöpaja

Andy Willoughby

Mountain Ash Blues (Villa Kivi 5am)

Restless November night
after performing:
with cold sweats, blood in spit,
early hours of the morning
black Finnish coffee,
trying to open my mind
to the Black RIver Sonnets
who whisper
when will you write
us, and settle your dead?

But bloodshot eyes
divert me;
the waves in the inlet
outside my white wooden
window are rippling
with multi-colours,
from the ultramodern
lit up architecture
in the distance opposite
Heksinki Opera House,
that cast a frivolous dance
upon the inlet's tidal rhythms.

Though the water here
is deep enough for mystery:
sports Teal, Mallard, Geese,
and hosts a lone white swan
who brings a long lost
tune on a fish jaw kantele,
bare branches of the mountain ash,
with a few dark lingering berries,
pull me away from the snow hole
I need to fall through
to find the lost lines,
to save me, and allow me
just one last dance
with my mother.

Mountain Ash -Blues (Villa Kivi 5am)

Andy Willoughby
Runosvengin runokäännöstyöpaja

Levoton marraskuun yö
esityksen jälkeen:
kylmä hiki, verta syljessä,
aikaisin aamulla
suomalaista mustaa kahvia,
yrittäen avata ajatukseni
Black Riverin Sonnets
joka kuiskaa
milloin aiot kirjoittaa
meistä, ja lepyttää sinun kuolleitasi?

Mutta punaiset silmät
harhauttavat minua;
poukaman aallot
valkokarmisen ikkunani alla
liplattavat
heijastaen kaukaisuudessa,
vastapäätä Helsingin oopperataloa
sijaitsevan ultramodernisti
valaistun arkkitehtuurin
monia värejä,
tanssien kevytmielisesti
poukaman vuoroveden rytmissä.

Vaikka vesi täällä
on tarpeeksi syvää mysteerille:
keinuttaa Tavia, Sinisorsaa, Hanhea,
ja isännöi yksinäistä valkoista joutsenta
joka tuo hauenleukaluisen kanteleen
kauan
kadonneen sävelen,
pihlajan paljaat oksat,
joissa muutama tumma viipyvä marja,
nostaa minut ylös lumiaukosta
johon minun täytyy pudota
löytääkseni kadonneet rivit,
pelastaakseni itseni, ja salliakseni itselleni
vielä yhden viimeisen tanssin
äitini kanssa.

Andy Willoughby

Swallow

Between weeds and thorns
by the simple brick monument
to the first St Hilda's Church
near the delapidated Town Hall,
where Gladstone boomed a speech
about this foundling town
being "The Infant Hercules",
bearing its new *fuck pussy* graffiti,
boarded doors, windows,
bars and anti-vandal spikes,
within walking distance
of the lost burned down
Roman Catholic Cathedral
I swig a smokey gobfull
of a good single malt
and wonder why I'm back here
near those untended apple trees
of a long gone old town garden
the vicar must have planted,
when I catch in a glance
the first swallow of summer
cutting above the uncut grass
of what used to be the graveyard
with its half buried plaque
that offers a fragment that reads
"And the wife of Henry Thompson
who died October 5th 1844"
I envy the swish of the air acrobat's
freedom from the weight of the past,
post-industrial decline and knowledge
of the threat of an ecocidal future.

Pääsky

Andy Willoughby
Translated into Finnish
by Kalle Niinikangas

Rikkaruohojen ja piikkipensaiden keskellä
ensimmäiselle Pyhän Hildan kirkolle pystytetyn
yksinkertaisen tiilimuistomerkin luona
lähellä rähjääntynyttä kaupungintaloa
missä Gladstone pauhasi puheen
jossa sanoi tämän kasvavan kaupungin
olevan vauva-Herculeen,
rakennuksessa on uusia haista vittu -graffitteja,
laudoitetut ovet, ikkunat,
kävelymatkan päässä
kadonneesta palaneesta
roomalaiskatolisesta katedraalista
kulautan isot savuiset huikat
hyvää mallasviskiä
ja mietin miksi olen taas täällä,
lähellä todennäköisesti kirkkoherran istuttaman
hylätyn kaupunginpuutarhan
hoitamattomia omenapuita
kun saan silmiini
vilauksen kevään ensimmäisestä pääskysestä
viiltämässä ilmaa leikkaamattoman ruohon yllä
entisen hautausmaan kohdalla
jonka puoliksi hautautunut kyltti
antaa vihjeitä, joissa lukee
"ja Thomas Simpsonin vaimo
joka kuoli täällä 5.10.1844.
Kadehdin ilmojen akrobaatin viuhahdusta,
vapaana menneisyyden painosta,
jälkiteollisesta rappiosta ja uhkaavan
ympäristötuhon tiedosta.

Andy Willoughby

Atop Torni

A crow traverses Helsinki
winter sunset sky
at the zenith of spectacularity

The clouds boil red
and the Baltic flirts
for a moment in deep purple

Despite spreading frost
at my temples
I still want it all.

Varis lentää Helsingin yllä
talvisen auringonlaskun
huippuhetkellä

Pilvet hekumoivat punaisina
Itämeri flirttailee
hetken syvän purppurana

Ohimoideni kuurasta
huolimatta
haluan silti kaiken.

Helsingin yllä

Runosvengin runokäännöstyöpaja

Kasper Salonen

DNA-uni

solukunnat kuljettavat tummia uutisia
rintamansa rinteillä,
pintamassan alla muuntuva savu
jähmettää kasvun, rajuuntuu,
pehmeyden takana kuohuu—

säikeiden aura maalautuu hauraana valona
partikkeleista kalvoille
huutavassa atomitemppelissä,
puhtaassa kammiossa
jossa jokainen kaikuu ja hyrisee.

olemassaolon koodi katselee itseään
ihan matematiikoissaan,
puskasta pulpahtaa klorofyllikosmos
pelkästä katseen kosketuksesta,
sokeria valahtaa elimistöihimme ja hetken
kaikki mahtuu hetkeen, lehti havisee yksin
ja yksin kuroo sydän ympärilleen suonia, juonteita,
yksin juomme joskus pimeyden hitaasti haihtuvaa verta.

solumme soljuvat kuin siivillä
maailmojen virroissa—
kaikki elämä kantaa jotakin,
tulee kannetuksi,
siirtää sirittävän säännön suunnan
ja lehden läpi kynttilä väpättää tasaista sanatonta mantraa:

pala
palaa
palauta
salaa—

rakennun unista,
niistäkin jotka unohdan

Kasper Salonen

DNA dream

cell teams bear dark news
on their frontline hills,
under the surface mass a warping smoke
stoppers growth, vehemently,
        seethes behind the dark—

an aura of strands is painted as frail light
from particles to our corneas
        in a screaming atomic temple,
        a clean chamber
where everything echoes and murmurs.

the code of existence is looking at itself
blissed out on math,
        a chlorophyll cosmos pops up
        touched only by a glance,
sugar floods our systems and for one moment
everything fits in a moment, a leaf sighs alone
and alone the heart gathers together veins,
furrows,
alone we sometimes slowly drink
the slowly evaporating blood of darkness.

our winged cells glide
in the currents of the world—
        all life carries something,
     becomes carried,
shifts the direction of a noisy rule
and through a leaf a candle quivers a steady
worldess mantra:

        burn
        return
        in secret
        return—

I'm made of dreams,
even the ones I forget

Lauri Vanhala

Haikutankoja

tänään olemme
matkalla pois luonnosta
poispäin Minästä

päästä perille
ei merkitse lohtua
maailma nauraa
tyhmyyden tikareilla
viisauden täyttä hautaa

tiedon vuorella
puut kurottavat valoon
ajatus hetkeen

niin teen minäkin
juurtuneena puutarhaan
oksatväristen
syksy luutii kiihkoni
verhon silmäluomille

Lauri Vanhala

Haikutankas

Translated by the author

today we are
on a way out of nature
outward from Me*

to arrive into destination
does not mean comfort
the world is laughing
with daggers of idiocy
for the full grave of wisdom

at the mountain of knowledge
the trees reach for the light
a thought into moment

so do me* too
rooted in the garden
branches shivering
autumn brooms my ardour
veil over eyelids

me: Eng. individual* ***me*
Suom. yksilön minä

Me: Eng. universal* ***Me*
Suom. Kaikkeuden Minä

Lauri Vanhala

Eloviljaa

I
Syksyn värit kolkolle näyttää,
elon kahina kuololle kalskahtaa.
Kevät siemenet ensin herättää,
kesä elon sekä kukat esiin saa,
mutta syksy... on niiton aikaa.

II
Eräs tähkäpäistä manaa taivasta,
pui nyrkkiään ylös vimmoissaan.
Kasvukivuistaan voipuneena
se tuskailee julmaa aurinkoa,
joka hoivaa samalla hiiltäen kuin
paahtaisi kahvinpapuja, saisi ne
kypsiksi kitkeröitymään
liian varhain... jo ennen aikojaan.

III
Olen mustasta valoisan synty,
valon varjoa sysipimeään,
taas matkalla uuteen muotoon.
Olen tarkoitukseton tarkoitus
ja kuin jonninjoutavaa kasvua.

Olen aistieni ajatus ja tunto,
enin reagointia vailla logiikkaa,
ajan fuusiohöyryjen hedelmä;
saman lopun alkava jatkumo.
Olen täysi niin kuin tyhjä,
kuolemaan syntynyt itsekin!

IV
Nyt läpi näiden kierrosten
vain odotan
vuodenaikojen loppujen loppua.

Lauri Vanhala

The crop

Translated by the author

I

Colors of autumn look dreary,
the rustle of life clangs death.
Spring seeds awake first out,
summer brings corn and blooming,
but autumn... it's mowing time.

II

One bead-head conjures heaven,
raises its fist with fury.
Sprouted with its growth pains
feels agony by brutal sun,
which treats and carbonizes like
roasting coffee beans,
to make them mellow to bitterness
too early... even prematurely.

III

I'm a light source from black,
shadow of light in its darkness,
on a way to the new form again.
I'm purpose of purposeless
and like vigorous growth.

I'm the idea of my sense and sensory,
mostly reaction without logic,
the fruit of time fusion vapors;
continuation of ending beginning.
I'm as full as empty,
myself born also for death!

IV

Now, through these cycles
I'm just awaiting
the very end of the seasons.

Diliana Stoyanova

Humans are trees that
grow roots,
not in soil,
but in soul - in other humans.

Ihmiset ovat puita jotka
tekevät juuria,
ei maahan,
vaan sieluun – toisten ihmisten.

Diliana Stoyanova
Runosvengin runokäännöstyöpaja

Diliana Stoyanova

The window burst open
and there she was. Sweet,
windswept, tousled, breathless,
she pulled open your jacket,
yanked the hat off your head,
and dragged her fingers
through your hair. Spring.

Ikkuna lennähti auki
ja siinä hän oli. Suloisena,
tuulen pieksemänä, pörröisenä,
hengästyneenä,
hän repi takkisi auki,
viskasi hatun päästäsi,
ja työnsi sormensa
hiuksiisi. Kevät.

Diliana Stoyanova
Runosvengin runokäännöstyöpaja

Diliana Stoyanova

Colors animate, soft and yielding clumps,
chartreuse, olive, emerald, fawn, hazel, lime, maroon,
russet, malachite, on grey.
Colors, mated iridescence,
moss - on the side of the train tracks
under the crack in the ceiling
where snow and water escape prison bars
into the embrace of gravity.
Weeds grow between the metal poles
grow through the stones
grow around the cigarettes.
Merciless direction be damned
thrash of civilization go to hell,
Life.

Värit elävöittävät, pehmeitä ja joustavia kasoja,
chartreusea, oliivia, smaragdia, kultaista, pähkinänruskeaa,
limettiä, maroonia, viininpunaista, malakiittia, harmaalla pohjalla.
Värit, pariutuneet kirjavaksi,
sammal - junaratojen pientareilla
katon särön alla
jossa lumi ja vesi pakenevat vankilan kaltereita
painovoiman syleilyyn.
Ruoho kasvaa metallipylväiden välissä
kasvaa kivien läpi
kasvaa tumppien ympärillä
Armoton suunta olkoon kirottu
sivistyksen jäte menee helvettiin,
Elämä

Diliana Stoyanova
Runosvengin runokäännöstyöpaja

Shashank Mane

Fields

The greens of the fields, the thin blades of grass
lay down upon meadows, passing summers in bright texture
back against the ground, the floor board of earthly adventures
eyes high to the skies above, to make sense of the clouds

Shielding self on earth through Mother Nature, finding peace in silence
ears to the ground, hearing earth rumble roars of relief
echoing through leaves, breathing through branches
wake me when the day shall set, and night will bring a new dawn

Blazing trails in darkness, eyes on the pulsating veins of Venus
leaping my way through sponges of moss to stream banks of sweet water
awaiting in anticipation of daybreak dew, for days that age as seasons
in a life cycle that breathes through mornings and evenings

Kentät

Laidunten vihreys, nurmen ohuet terät
lepäävät niityillä, palauttaen kesiä valoisassa tunnossa
takaisin maahan, maanpäälliseen seikkailujen pelilautaan
katse korkealle taivaan ylle, saadakseen selvää pilvistä

Suojellen itseään Maaemon kanssa, löytäen rauhan hiljaisuudesta
korvat maassa, kuullen maan ryminän karjuvan helpotuksesta
kaikuen puunlehdistä, hengittäen puunoksilla
herätä minut, kun päivä laskee, ja yö tuo uuden sarasteen

Valaisevat polut pimeässä, katse Venuksen sykkivissä suonissa
harppoen sammalia pitkin makean veden ojien varsille
odottaen aamukasteen enteessä päiviä, jotka vanhenevat kuin aikakaudet
elämän kierrossa, joka hengittää aamujen ja iltojen kautta

Shashank Mane
Runosvengin runokäännöstyöpaja

Shashank Mane

Snow

The snow covers the streets. By mounds and heaps, in leaps and bounds,
my dog jumps around astounded by the white fluff covering these grounds.
Around the forest, upon the trees, weighing down the branches
and sticking to leaves
A festival of ice, an irresistible prize, nature at its best putting to test
the limits available to eyes
The flakes float and fall, sticking to sidewalks adding a fresh coat
to roads and walls
When the rain will come, sure enough, and wash away all the fluff.
The ice will hang tough for icy nights in the cold rough rain:
wintry sights.

Lumi

Lumi peittää kadut. Kummuilla ja kasoilla, loikkien ja pyörien,
koirani hyppii hämmästyneenä, näitä maita peittävästä valkoisesta nukasta
Ympäri metsää, puiden yllä, taivuttaen oksia ja tarttuen lehtiin
Jääfestivaali, vastustamaton palkinto, luonto parhaimmillaan testaten
silmien mahdolliset rajat
Hiutaleet leijuvat ja putoavat, tarttuen jalkakäytäviin antaen
raikkaan peitteen teille ja seinille
Kun sade tulee, riittävän varmasti, ja pesee pois kaiken nukan.
Jää pysyy kovana jäisinä öinä kylmän rajussa sateessa:
talvisissa näyissä.

Shashank Mane

Runosvengin runokäännöstyöpaja

Shashank Mane

Weather Cycle

The sea, the sun
the fun on Rainy Way
clumps of wet sand
on ground cracked and broken
unearthed barren.
Up to the jagged rocks and peaks
to snow filled days and silver linings

Sään kierto

Meri, aurinko
hauskuus Sateen Tiellä
kosteat hiekkakasat
haljenneella ja murtuneella maanpinnalla
paljastetulla aavikolla.
Ylös karheille kallioille ja huipuille
lumen täyttämille ja hopeareunaisille päiville

Shashank Mane
Runosvengin runokäännöstyöpaja

Leena Kellosalo

Kokoelmasta *"Leonardo sai siivet", Ntamo, 2015*

Makaan mökin terassilla
kukkivat kuuset seuranani
Tässä valoa tulvivassa maisemassa
pureudun planetaariseen kirkkauteen
kun Raippaluodon kirkonkellot
voitelevat sunnuntaita

Aurinko putoaa rinnalle
polttaen hopeista omenariipusta
Irrotan Eevan viettelyksen kaulalta
ja pohdin synnin kihisevää olemusta
kiellettyä hedelmää
ja tuomiokellot kumisevat
Silmissä mustasiipinen välähdys:
alassyösty enkeli
kapina tuomio ja helvetintuska

Pullea paarma tekee yhdeksännen syöksyn
kohti kuumia pakaroitani
kymmenennellä pakenen saunaan
Katselen sopivaa tappoasetta
sandaalia
mutta kädet ovat täynnä pyhyyttä
neitseellistä messua ja aurinkoöljyä
mieli kanervissa lepattavan perhosen
maisemassa
Kunnioitan paarman henkeä
vaikka olen itse riistaa

Vartijani soutaa kumiveneellä
kivikkoista järveä
mustin airoin
ja taivas aukeaa kuin baldakiini

I lie on the cabin terrace
in the company of flowering spruce trees
In this landscape flooded with light
I hold on to the planetary brightness
with the church bells of Raippaluoto
consecrating Sunday

The sun falls on my chest
burns my silver apple locket
I take Eve's temptation off
thinking of the burning existence of sin
the forbidden fruit
and the bells of doom toll
In my eyes a flash of black wings:
an angel thrown down from heaven
rebellion doom and infernal anguish

A chubby horsefly charges for the ninth time
at my hot buttocks
on the tenth I flee into the sauna
I find a perfect weapon
a sandal
but my hands are full of holiness
virginal mass and sun lotion
my mind wanders with a butterfly
among the heathers
I respect the horsefly's life
although I am its prey

My guardian rows a rubber boat
through the stony lake
with black oars
and the heaven opens up like a baldachin

Leena Kellosalo
Translated by Maikki Soro

Leena Kellosalo

Kokoelmasta *"Leonardo sai siivet"*, *Ntamo, 2015*

Kirkkaana elokuun iltana
balalaikka ja laulu
mutta siitä alkaakin jo toinen tarina
siirtyminen maailmasta toiseen

Oravan
puutarhurini
tulinen häntä autokatoksessa:
hauraitten luitten riipaiseva symmetria
jota ei enää ole
ja pimeys syttyy takaisin alkuun

Kirkkaana elokuun iltana
kun aika on maisema
sovitus on
ja kaikki kalliisti maksettava
ja peikonkulta hohtaa
sammalkiven juuressa
hiljainen mies sauvakävelee
pois maisemasta
joka on

On a bright August evening
balalaika and serenade
but that's another story
the passage to another world

The fiery tail
of my squirrel gardener
on the garage roof
heartbreaking symmetry of fragile bones
that is no longer here
and darkness is lit back to the beginning

On a bright August evening
when time is landscape
there is reconciliation
and everything that must be paid dearly
and the foxfire glows
at the foot of a mossy stone
a silent man with hiking poles
walks away from the landscape
that exists

Leena Kellosalo
Translated by Maikki Soro

Leena Kellosalo

Kokoelmasta "Leonardo sai siivet", Ntamo, 2015

Ukonkorento syöksähtelee,
piirittää kuollutta luumupuuta kunnes
tekee hätälaskun auringonpolttamalle polvelle
Tuskin uskallan hengittää
tuskin uskon todeksi
Ihmisen ja hyönteisen liitto
vai helvetin ja taivaan
Siivet levällään se tuijottaa
suoraan silmiini:
pakollinen verkkokalvotunnistus
ja portit aukeavat
30 000 osasilmää avaa muinaisuuden
ja verkkosiivet havisevat
300 000 000 vuotta
sekunti vai ikuisuus
Jätät polvelleni neulanpisteulostuksia
ja yritän avata koodia
silmiesi tajuttomasta
syvyyksistä
siivistäsi
Leonardo da Vinci
Tässä kuumuudessa rakennetaan silta
suunnitelmiesi mukaan
yli Bosporin
Tässä kuumuudessa heitetään muistot
kumpuilevalle polvelle
ja hyvästit silmille
täynnä muinaisia kesiä
ääniä

me hengitämme
me lennämme

A dragonfly darts around
beleaguers the dead plum tree until
it makes an emergency landing on my sunburned knee
I hardly dare to breathe
I can hardly believe it
A union of Man and Insect
or Hell and Heaven
With outspread wings it stares me
straight in the eyes:
the obligatory retinal scan
and the gates open
30 000 lenses open up the past
and net wings flicker
300 000 000 years
one second or eternity
You leave needlepoint droppings on my knee
and I try to decipher the code
in the inconceivable depths
of your eyes
in your wings
Leonardo da Vinci
In this heat we build a bridge
that you've designed
over the Bosporus
In this heat we leave mementos
on a rolling knee
and bid farewell to eyes
full of ancient summers
voices

we breathe
we fly

Leena Kellosalo

Translated by Maikki Soro

Diana Mistera

The rain feels like daggers falling from the sky
the wind is howling like hungry wolves
the weather is crushing down
Wandering through lost and found, wondering...

Everything is lethal now
especially the dark
where everything breaks in silence.

The ocean rolls like thunder
the temples are full of sand
like broken structure's rust
everything is turning to dust.
In the dark before the dawn
like a ghost I walk through the ashes
and everything dies as the day breaks.

Sade tuntuu kuin putoavat tikarit taivaalta
tuuli ulvoo kuin nälkäiset sudet
sää romahtaa
Vaeltaen kadonneiden ja löydettyjen keskellä, ihmetellen...

Kaikki on tappavaa nyt
etenkin pimeys
jossa kaikki hajoaa hiljaisesti.

Valtameri aaltoilee kuin ukkonen
temppelit ovat täynnä hiekkaa
Kun hajonnut rakenne ruostuu
kaikki muuttuu tomuksi.
Pimeässä ennen aamunkoittoa
kuin haamu kävelen tuhkan läpi
ja kaikki kuolee päivän sarastaessa.

Diana Mistera
Runosvengin runokäännöstyöpaja

My name is Nobody

From the collection "Before the dawn...after the dusk", 2020

Welcome invisible
give your farewell
to the platform of fame.
Welcome to the world of nothingness
where the humming machines
have more voice than yours.
Welcome to those
that want to listen
but they're born deaf.
Welcome to those that wanted to see
but they're born blind.
Welcome to all those phantoms
that creep and cry
but are not able to fly.
Welcome to all the scum
that the world is giving you for sale
nobody will be interested in your tale.
I welcome you all
with the smile on my face.
My name is Nobody.

Nimeni on Ei-kukaan

Tervetuloa näkymätön
sano jäähyväiset
kuuluisuuden lavalle.
Tervetuloa ei-mikään-maailmaan
jossa humisevilla koneilla
on enemmän ääntä kuin sinulla.
Tervetuloa he
jotka haluavat kuunnella
mutta syntyivät kuuroina.
Tervetuloa he, jotka halusivat nähdä
mutta syntyivät sokeina.
Tervetuloa kaikki ne kummitukset
jotka karmivat ja huutavat
mutta eivät pysty lentämään.
Tervetuloa kaikki huuhaa
jonka maailma tarjoaa sinulle alennuksella
ketään ei kiinnosta tarinasi.
Toivotan tervetulleeksi teidät kaikki
hymyssä suin.
Nimeni on Ei-kukaan.

Diana Mistera

Runosvengin runokäännöstyöpaja

Diana Mistera

There was only darkness first
my hand was full of hours
and the sand was in the urns
then I saw million of lights
I decided to follow the one that was brighter
and it happened:
with all my love
I crushed into the world
from inside out
between the ceiling and the floor
the table and the wall.
I wasn't alone (when I left)
our names are encrypted in this poem
I was the Moon,
you were the Sun,
and then...
then, there were the stars.

Farzaneh Hatami Landi

Siellä kaukana
väsyneet hevoset lepäävät.
Siellä kaukana
sotilaat laskevat aseensa
itsensä viereen maahan.
Siellä kaukana
vanhat ihmiset ovat
vieneet kuormansa
ja odottavat.
Siellä kaukana
maa odottaa
ajan kuluvan.
Siellä kaukana
lintu odottaa
lentämistä ja siipien
avautumista.

Far away over there
tired horses rest.
Far away over there
soldiers lay their weapons
beside themselves.
Far away over there
the elders have
carried their burdens
and wait.
Far away over there
the land waits
for time to pass.
Far away over there
a bird waits to fly
and spread its wings.

Translated by the author

Farzaneh Hatami Landi

Runokokoelmasta "Varjojen ääni", Vihreä sivistysliitto, 2004
Kääntäjä: Meri Tirroniemi

Katselen haaveitani,
kynällä merkitsen
niitä paperille.
        Silmillä katselen
        aivoni verhossa.
Esittelen ja näyttelen
niitä.

Haaveilevat aivot.
Haavet putoavat,
verhoa pitkin
        alas.

Avaan silmiäni,
paperi on musta.
        Laitan sen värittömään veteen.

Se tanssii
        tiedostamattomasti
                virran suuntaan.

Farzaneh Hatami Landi

From the collection "The voice of shadows", Vihreä sivistysliitto, 2004

Contemplating my dreams
I pen them on paper.
    With my eyes
    I see them on the
    curtain of my mind.
I present them and act them out.

A dreaming mind.
The dreams fall
down,
    along the curtain.

I open my eyes,
the paper is black.
    I placed it in colourless water.

It dances
    unknowingly
        with the current.

Farzaneh Hatami Landi

Kun pilvien sydämet avataan
ihmiset lähettävät
raketit toisille planeetoille.
Ne voittavat matkat.
Tähdet eivät vilku.
Kun atomipommi tuhoaa
elämän sekunnissa,
ihmisen työllä on arvoa.
Kun robotit puhuvat
ihmisyys on kuollut.
Kerron muiston:
Kun Eeva oli Eeva
ja Aatami oli Aatami,
syntiä oli pelkästään
omenan ottaminen puusta.

When the hearts of clouds are opened
people send rockets
to other planets.
They have conquered the distances.
Stars do not twinkle.
When atom bombs destroy
all life in a second,
a man's only worth is in his work.
When robots speak
humanity is dead.
I'll tell you a memory:
When Eve was Eve
and Adam was Adam,
sin was merely
taking an apple from a tree.

Farzaneh Hatami Landi
Translated by the author

Ye Yint Thet Zwe

I planted these jasmine trees

Translated from Burmese into English
by Ye Yint Tin Aung Moe and Kasper Salonen

I planted these jasmine trees
but you cried.
Then you laughed and hugged away
all sorrows and troubles.
You felt the storms of the modern era
left behind in a spotlight.

I planted these jasmine trees,
I didn't stop even when I could have been by your side.
I mumbled songs softly
as my life was going rough.

I planted these jasmine trees,
I didn't let go or notice the risk
that you, the one who sacrificed yourself,
would lose your meaning.
Were you not foolish?
Even though you knew
I was more foolish than I am now.

These troubles are over.
Maybe God agrees or he doesn't.
Maybe he doesn't want to recognize what faith is,
doesn't want to agree what love is,
doesn't know anything about this life.

But if you hadn't given me
these jasmine trees to plant,
there would be nothing left for me here.

Istutin nämä jasmiinipuut

Ye Yint Thet Zwe
Translated into Finnish by Lauri Vanhala

Istutin nämä jasmiinipuut,
mutta sinä itkit.
Sitten nauroit, halaten pois
kaikki surut ja ongelmat.
Valokeilassa tunsit nykyisen myrskyn
taakse jätetyksi.

Minä istutin nämä jasmiinipuut,
enkä pysähtynyt edes silloin,
kun olisin voinut olla vierelläsi.
Mumisin pehmeästi lauluja
koska elämäni meni lujaa.

Juurrutin nämä jasmiinipuut,
en hellittänyt tai huomioinut riskiä,
että sinä, joka uhrauduit,
menettäisit merkityksesi.
Eikö niin, että olit höynähtänyt?
Vaikka tiesithän
minun olleen vielä typerämpi,
kuin saatoin mieltää olevani nyt.

Nuo vaikeudet ovat menneet.
Ehkä jumala on samaa mieltä, kenties ei.
Ehkä hän ei tahdo tunnistaa mitä on usko;
ei tahdo tietää rakkaudesta,
eikä mistään tässä elämässä.

Mutta jos et olisi antanut minun istuttaa
näitä jasmiinipuita,
niin ei olisi jäljellä enää mitään
mitä täältä saisin.

Ye Yint Thet Zwe

In Reality

Translated from Burmese into English
by Ye Yint Tin Aung Moe and Kasper Salonen

The setting sun
and the color of the clouds
like splashes of paint, fabulous!
I'm a monger of beauty
whose dinner used to be uncertain!

I had longed for a light,
as insecurity and uncertainty loomed
and fell apart over me.

What I want is honesty,
but I won't complain
about the zigzag streets and crooked minds.

Streams enter rivers,
the rivers discharge into oceans.
Alas, I found that I am the river
that couldn't find the ocean,
in the art of living in the social life...

Todellisuudessa

Ye Yint Thet Zwe
Translated into Finnish by Lauri Vanhala

Alas painuva aurinko
ja pilvien värikirjot,
kuin maalin roiskeita;
satumaisia!

Olen kauneuden kauppias,
jonka päivällinen oli epävarma.
Olen kaivannut valoa,
kuin jotakin turvallista
ja epävarmana häämöttävää
hajoamaan ylitseni.

Luulenpa haluavani rehellisyyttä,
mutten valita kiemurtelevista kaduista
ja kieroista mielistä.

Virran vesi päätyy jokiin,
jokien vedet osaksi valtameriä.
Huomasin olevani kuten itse virta,
joka ei edes taiten elämällä
löytänyt merta sosiaalisesta elämästä...

Ye Yint Thet Zwe

In God's hand

Translated from Burmese into English
by Ye Yint Tin Aung Moe and Kasper Salonen

Trees, flowers,
the sweet chirps of birds...
Nature, forests, mountains and waters
including humankind,
aren't they created by God?

I don't want to know, if this drama,
which began in the Garden of Eden,
was smooth or rogue.
Not even if the taste of the fruit
was sweet or bitter,
salty or sour.
I don't care!

Me – my body and your mind,
when I search my life.
I know I'm no longer the master of my body,
but I found it at last,
at the end of the dreams
at the center of the night skies;
alas, in God's hand.

In fact that beginning and end,
is the forbidden fruit

Jumalan kädessä

Ye Yint Thet Zwe
Translated into Finnish by Lauri Vanhala

Puut, kukat,
lintujen suloinen sirkutus...
Luonto, metsä ja vuoret, sekä vedet,
myös ihmiset,
eivätkö ne olekin Luojan luomia?

En halua tietää, josko tämä näytelmä,
joka alkoi Edenin puutarhassa,
oli tyyni, tai roistomainen?
Niinpä en myöskään, oliko hedelmän maku
makea vai katkera, suolainen vai hapan;
en välitä!

Minä, kehoni yhtä mielesi kanssa,
kun etsin elämääni.
Tiedän, etten ole enää kehoni herra,
mutta löysin lopulta elämän,
unien päättyessä, keskeltä yötaivasta;
kaikki, Herran kämmenellä.

Tosiasiassa, katso...
alku ja loppu on tuo kielletty hedelmä.

Msblackrose

Warmth

He left his place at the sauna
to run outside
A nude muscled body
jumped into the cold water

Smiling and shivering stepped out
and walked back to the warmth
this was repeated a few times
until he covered himself with a towel
sat down on the terrace
and took a sip of beer

Only bird sounds
a quiet lake
no neighbors

The grill was on
a book on the table

He sighed and looked to the horizon
from the lake to the forest
with a tiny smile drawn on his face...
Oh, that warmth on a cold autumn day!

Lämpö

Hän lähti saunasta
juoksemaan ulos
Alaston lihaksikas vartalo
hyppäsi kylmään veteen

Hymyillen ja hytisten tuli pois
ja käveli takaisin lämpöön
tämä toistui muutaman kerran
kunnes hän kietoutui pyyhkeeseen
istahti terassille
ja siemaisi olutta

Muutama lintu äännähti
tyyni järvi
ei naapureita

Grilli oli kuumana
kirja pöydällä

Hän huokaisi ja katsoi horisonttiin
järveltä metsään
pieni hymy kasvoillaan...
Oi, mikä lämpö kylmänä syyspäivänä!

Msblackrose
Runosvengin runokäännöstyöpaja

Msblackrose

Limerence

What is this feeling within me?
From my toes to my head
shaking my nerves
boiling water running in my veins
sweat falling from my forehead
speeding my heartbeats...

What is this feeling within me?
From long away born, a wish,
forgotten with the years
Am I a butterfly before the metamorphosis?
Am I still the caterpillar?
I run away from mirrors...

What is this feeling within me?
This forgotten feeling,
a lost memory,
activating the senses which were censured
Why does the tick tock on the clock
sound as if it's announcing the end?

The full moon comes to wipe my tears off
I am sleepy again
If my heartbeats could slowdown...

Limerenssi

Mikä on tämä tunne minussa?
Varpaista päähäni asti
ravistaa hermojani
kiehuva vesi virtaa suonissani
hiki putoaa otsaltani
kiihdyttää sydämeni lyöntejä ...

Mikä on tämä tunne minussa?
Kauan sitten syntynyt, toive,
unohtunut vuosien varrella
Olenko perhonen ennen metamorfoosia?
Olenko edelleen toukka?
Pakenen peilejä...

Mikä on tämä tunne minussa?
Tämä unohtunut tunne,
kadonnut muisti,
herättää aistit, jotka olivat kiellettyjä
Miksi kellon tikitys
kuulostaa lopun ilmoitukselta?

Täysikuu saapuu pyyhkimään kyyneleeni
Olen taas uninen
Jos vain sydämeni lyönnit tasaantuisivat...

Msblackrose
Runosvengin runokäännöstyöpaja

Anna Paula Herrera

If I had to write a poem
I wouldn't know what to write about

not now
when summer is so deeply green it hurts
because I know
that the only color that will follow
is yellow
and brown
and orange
until all the leaves are so golden they all will be soon gone.

I was told as a little girl
that if I didn't have anything nice to say
it was better to say nothing at all
so I learned to keep quiet
and swallowed all the bruises behind by tongue
and dug my rage deep into the soil
until there were no words left to be said anymore
but even during winter trees continue to grow
deep from the inside
until it's time for them to reveal themselves once more.

Anna Paula Herrera

They tried to cover you
in the same way
they turned grass into pavement

you were born with the wisdom of willows and pines
so they stole your thoughts
to sell them in packages they claimed as their own

they have longed for your body
like they have longed for fertile soil

they ripped away your clothes
while they cut down the last trees standing
and watched you suffer
like they watch bushfires burn

they asked for your caressing touch
like they look for shelter when cold nights approach

and when the sun rose again
they made you keep quiet
for they believe that what happens to you
does not happen at all

but earthquakes cannot be predicted
and as you breathe again
you will make them tremble
like the Earth that taught you so.

Mohamed Sleiman Labat

Land of mines

It's is an open sea of sand dunes and landmines.
It's treeless, bird-less and hot
The sun showers the tents with blazing flames.
The wind blows the particles of sand that sting your skin
If I keep quiet, I may survive!
I am doomed to stillness and non-action
Right under the surface of the sand,
There is life and death!
The tiny heart of the smaller lizard is beating quickly.
The timer of the landmine is set up in accordance with the movement
Action and non-action define the border between life and death

Deathly silence heavily falls upon the place
I am fading away between the elements

I can't move, I can't breathe, I can't think, I can't hope!
I'm gone
The giant sun is tired of my silence
For now she goes down behind the ragged hills.
Darkness falls on me
The stars slowly get brighter,
As the sky gets darker
There's beauty in the dark!
The cool breeze chases away the last hot flames
The beetles and lizards peep out to see,
They can go out.
There's safety in the dark
Few steps into the open.
I am walking, I am running, I am free
There's freedom in the dark.

Poem dedicated to the victims of landmines in Western Sahara and the victims of the Hiroshima nuclear bomb in Japan. Experts said if they work 24 h/day and 7 days a week, it would take 50 years to clear all the landmines in the land, but the nomads and their camels defy that fact and go on to live in the desert.

Yassen Ghaleb

The Broken Feet of the Lake

Between the withering time
between the falling leaves of September
and the sadness
sit on a piece of broken day
watch the face of the world
at the bottom of a lake
listen to the grasshopper's legs
who have not worn a helmet before
and have not eaten from
the food of soldiers.
I listened to the friction
of grasshopper's legs
as the sound of tanks
swept the city,
Politicians were led
as its traffic guide,
they inserted its dominion
into the holes of the city,
or into our holes
that are ashamed to touch
the politician,
you know him don't you?
Yes, I do.
While the grasshoppers increase
friction to their feet
more and more insane
madness,
the sparks fly from them
and are put out
in the bottom of
this huge lake like
a rocky aquarium,

I put my head now
on the edge of the four sides
and dream like a murdered baby.

Biographies Elämäkerrat

Ursula Anttila-Halinen, M.A., (Helsinki University), teacher of Finnish and literature. She was born in Helsinki and lives now in Klaukkala. Anttila-Halinen has written two poetry books (Lumiaurinko 2017, Runorouvan riimit ja säkeet 2018) and three cosy crime books (Lumiprinsessa ja taikaympyrä 2015, Laulu taivaansinisestä kukasta 2016, Runoilija ja vaarallinen muusa 2019). Her third poetry book Syyskimikki juhlii was published in 2021. Anttila-Halinen's literature blog is titled In Search of Enchantment. She is a member of the poetry collective Runosvengi.

***Ursula Anttila-Halinen**, FM (Helsingin Yliopisto), on koulutukseltaan suomen kielen ja kirjallisuuden opettaja. Hän syntyi Helsingissä ja asuu nyt Klaukkalassa. Anttila-Halinen on kirjoittanut kaksi runokirjaa (Lumiaurinko 2017, Runorouvan riimit ja säkeet 2018) ja kolme cosy crime -dekkaria (Lumiprinsessa ja taikaympyrä 2015, Laulu taivaansinisestä kukasta 2016, Runoilija ja vaarallinen muusa 2019). Kolmas runokokoelma Syyskimikki juhlii ilmestyi 2021. Hän pitää kirjallisuusblogia Lumousta etsimässä ja on Runosvengin jäsen.*

O. R. Helle-Kotka, M.Ed. (University of Jyväskylä), a poet and an educationalist, is a founding member of the poetry collective Runosvengi. She is also one of the founders of the Poetry Fotogenic Team and the Poetrycinema (Runokino in Finnish). Helle-Kotka has written 10 books, a few of which are collections of poetry. She will also have a poetry book for children. In 2019, she won second place in the international Lahti Poetry Marathon competition with her poetryvideo Between. Helle-Kotka was born near the Arctic Circle in Oulu, but has lived most of her life in Helsinki and Espoo. Also a few years in the USA and Great-Britain. She writes by name Riika Kotka several non-fiction books. Most recently, she was one of the authors of the creative writing book Runomatkaopas (Aviador 2019).

***O. R. Helle-Kotka**, KM (Jyväskylän yliopisto), runoilija, kasvatustieteilijä, opettaja ja runoilijakollektiivi Runosvengin perustajajäsen. Hän on myös toinen Poetry Fotogenic Team -kollektiivin ja Runokinon perustajista. Helle-Kotka on kirjoittanut 10 kirjaa, joista muutaman runokokoelman. Häneltä on tulossa runollinen lastenkirja Myrskyn aarre. Helle-Kotka voitti vuonna 2019 runovideollaan "Välitila" toisen sijan kansainvälisessä Lahden Runomaraton -kilpailussa. Helle-Kotka syntyi lähellä Napapiiriä Oulussa, mutta on asunut suurimman osan elämästään Helsingissä ja Espoossa sekä muutamia vuosia USA:ssa ja Isossa-Britanniassa. Hän kirjoittaa tietokirjoja nimellä Riika Kotka. Viimeksi hän toimi yhtenä kirjoittajana kirjassa Runomatkaopas (Aviador, 2019).*

Leena Sainio is a poet, musician and visual artist from Helsinki. She prefers writing social criticism poems. Expressive poems are often flavored by black humor. Many of her poems contain intense rhythm and drama and are well suitable to read out aloud. Leena Sainio is also an active stage poet and can often be seen at poetry events in Finland. Sainio has published two poetry books: *Särmää Serenadissa* (trans. Edgy serenade) (Pesä) was published in 2019 and the children's poetry book *Rapuooppera* (trans. The Crab Opera) (Enostone) in 2021. She has illustrated both publications herself. Leena Sainio's texts have been published in several poetry journals and anthologies. She is a member of the poetry collective Runosvengi.

Leena Sainio *on helsinkiläinen runoilija, muusikko ja kuvataiteilija. Hän kirjoittaa mielellään yhteiskuntakriittisiä runoja. Ekspressiivisiä runoja höystää usein musta huumori. Monet hänen runoistaan sisältävät voimakasta rytmisyyttä ja dramatiikkaa ja soveltuvat hyvin ääneen esitettäviksi. Leena Sainio on myös aktiivinen lavarunoilija ja hänet voidaan nähdä usein Suomen runotapahtumissa. Sainio on julkaissut kaksi runokirjaa: Särmää serenadissa (Pesä) ilmestyi 2019 ja lasten runokirja Rapuooppera (Enostone) 2021. Hän on itse kuvittanut kummatkin julkaisut. Leena Sainion tekstejä on julkaistu useissa runolehdissä ja antologioissa. Hän on Runosvengin jäsen.*

Pirjo Kotamäki (b. 1965) is a poet from Helsinki. In 2010 she won "Työ, leikki ja luominen" – writing competition for the lyric series in Tampere. She has published five collection of poems, and the most recent "Villit linnut olkapäillä" (Basambooks, 2020) told the life story of Francis of Assisi as poems. In 2021, her poetry book "Tämä hento maailma, omassa kuolemassaan - runoja Pyhästä Birgitasta" (Basambooks) will be published. Kotamäki's texts have appeared in several cultural journals and anthologies. She is a member of the poetry collective Runosvengi.

Pirjo Kotamäki *(s. 1965) on helsinkiläinen runoilija. Hän voitti vuonna 2010 "Työ, leikki ja luominen"- kirjoituskilpailun lyriikkasarjan Tampereella. Häneltä on ilmestynyt viisi runokokoelmaa, joista viimeisin "Villit linnut olkapäillä" (Basambooks, 2020), kertoi Franciscus Assisilaisen elämäntarinan runoina. Vuonna 2021 ilmestyy runokokoelma "Tämä hento maailma, omassa kuolemassaan - runoja Pyhästä Birgitasta" (Basambooks). Kotamäen tekstejä on ilmestynyt useissa kulttuurilehdissä ja antologioissa. Hän on Runosvengin jäsen.*

Zoila Forss (b. 1969) is a Peruvian born Finnish poet and literary translator. She holds a Bachelor's Degree in Communication from the University of San Marcos, Lima. Her first poetry book "Revontuli" was published in 2014 in Finnish and Spanish. Her second poetry book "Unguilty harpoon" was published in 2018 in Finnish, Spanish and English. Her poems have been translated into Arabic, English and Chinese, and have been published in poetry anthologies and literary magazines. Forss participates in several poetry events and in 2018 was invited to *T-Junction International Poetry Festival in Middlesbrough.* She is a member of the poetry collective Runosvengi.

Zoila Forss (s. 1969) *on perulaissyntyinen suomalainen runoilija ja kääntäjä. Perussa hän on suorittanut yliopistotutkinnon viestinnässä San Marcoksen yliopistossa, Limassa. Hänen ensimmäinen runokirjansa "Revontuli" julkaistiin vuonna 2014 Perussa kaksikielisenä (suomi ja espanja). Hänen toinen runokirjansa "Syytön harppuuna" ilmestyi vuonna 2018 Suomessa kolmekielisenä (suomi, espanja ja englanti). Hänen runojaan on käännetty arabiaksi, englanniksi ja kiinaksi, ja julkaistu antologioissa ja kirjallisuuslehdissä. Forss on esiintynyt useissa runotapahtumissa, mm. vuonna 2018 T-Junction International Poetry festivaalilla Middlesbroughissa. Hän on Runosvengin jäsen.*

Andy Willoughby is a poet, playwright and producer from the North East of England. He has co-run many spoken word cabarets in the Teesside area. He has performed his poetry, often with music and multi-media all over Europe. As co-director of Ek Zuban Independent Press he has led many poetry exchange and publishing projects with a particular interest in Fenn Ugric languages and cultures. He was recently appointed UNESCO City of Literature Writer-in-Residence in Tartu, Estonia. He has been a key figure in yearly exchanges with Finnish/English writers and musicians since 2000 including migrant writers to both countries as well as indigenous authors. He has co-translated and published many Finnish poets. His critically acclaimed book *Sampo: Heading Further North*, collaboratively written with Bob Beagrie, inspired by the Finnish *Kalevala*, was translated by Niinikangas and published in Finnish by Savukeidas (2016). His last book *Between Stations* (Smokestack Books) is currently being translated into Finnish and will be published by Enostone Press.

Andy Willoughby *on runoilija, näytelmäkirjailija ja tuottaja Koillis-Englannista. Hän on Middlesbroughin The Electric Kool-Aid Cabaret of the Spoken Wordin toinen johtaja ja T-Junction International Poetry Festivalin perustajajäsen. Hän on esittänyt runojaan, usein musiikin ja multimedian kanssa, kaikkialla Euroopassa. Ek Zubanin Independent Press and Literature Developmentin johtajana hän on vetänyt monia runojenvaihto- ja julkaisuprojekteja erityisesti koskien fenno-ugrilaisia kieliä ja kulttuureita. Hänelle myönnettiin syksyksi 2019 residenssi UNESCO:n kirjallisuuskaupunki Tartossa, Virossa. Hän on aiemmin toiminut kirjoittajana The Dylan Thomas Centre -residenssissä Swanseassa, ja hänellä on ollut tilaustöitä Turun kulttuurikaupungille vuonna 2011.*

Hän on ollut avainhenkilö vuosittaisessa yhteistyössä suomalaisten ja englantilaisten kirjailijoiden ja muusikoiden kanssa vuodesta 2000 lähtien, mukaan lukien molempien maiden maahanmuuttajakirjoittajien ja alkuperäiskansojen kirjoittajien mentorointi. Hän on kääntänyt ja julkaissut monia runoilijoita, kuten Kalle Niinikangasta, Riina Katajavuorta, Esa Hirvosta, Henry Lehtosta, Tapani Kinnusta ja Jenni Haukiota. Hänen hyvät arvostelut saanut kirjansa "Sampo: Syvemmälle pohjoiseen", yhteistyössä Bob Beagrien kanssa, on saanut inspiraation Kalevalasta. Sen on kääntänyt Kalle Niinikangas ja julkaissut suomeksi Savukeidas vuonna 2016. Hänen viimeisin kirjansa "Between Stations" (Smokestack Books) käännetään parhaillaan suomeksi ja sen julkaisee Enostone vuonna 2021. Willoughbyn runoja on käännetty myös viroksi, ruotsiksi, hollanniksi, venäjäksi ja karjalaksi.

Kasper Salonen (b. 1987) is a bilingual spoken word poet, translator, voice actor, and workshop director from Southern Finland. He has written and performed live poetry in English and Finnish since 2010, and worked as a translator for more than a decade. Salonen has published two spoken word EPs with various musicians as well as a chapbook of his early poems. In spring 2021, Enostone Publishing released his Finnish-language debut, *Kiertoreittejä*, in physical, e-book, and audiobook form — later to be followed by a selection of English translations of the poetry of Finnish legend Arto Melleri (a world first). Poetry videos are also available and forthcoming. Salonen has produced and hosted dozens of events for the Helsinki Poetry Connection collective, and teaches poetry at the HPC's Spoken Word Academy.

Kasper Salonen *(s. 1987) on kaksikielinen runoilija, kääntäjä, ääninäyttelijä ja työpajaohjaaja Etelä-Suomesta. Hän on kirjoittanut ja esittänyt lavarunoutta sekä suomeksi että englanniksi vuodesta 2010 ja toiminut niin proosan kuin runoudenkin kääntäjänä yli vuosikymmenen. Salonen on julkaissut kaksi spoken word -EP-levyä eri muusikoiden kanssa sekä yhden omakustannekokoelman. Keväällä 2021 Enostone kustannus julkaisi hänen suomenkielisen esikoisteoksensa, "Kiertoreittejä", fyysisenä kokoelmana, e-kirjana ja hänen itsensä lukemana äänikirjana. Myöhemmin kuluvana vuonna tätä esikoista seuraa Salosen kääntämä kokoelma ensienglanninnoksia Arto Mellerin runoista. Runovideoita on myös sekä saatavilla että tuotannossa. Salonen on tuottanut ja juontanut kymmeniä tapahtumia Helsinki Poetry Connection -kollektiiville ja toimii opettajana Lavarunoakatemiassa.*

Lauri Vanhala (b. 1953, Helsinki) is a Finnish poet and author. He started writing in 1978. Vanhala has written aphorisms, poems, short stories, essays and prose. He has published "Runot I" (Asatour, BoD, 2008), a short story, poems and musical composition "Hambarzum" (2015, Vanhala-Lakopoulos), "Hallituksia ja valtoja vastaan" (tr. Against Governments and Power, Mediapinta, Vanhala, 2017), "Graavatun tarunot ja lorunot" (Caravansei, 2019), and besides the short stories "Outoja kertomuksia" (tr. Strange stories, Neirol, 2008) and the novel "Myrkyllinen maailma" (tr. Toxic world, Neirol, 2013). Vanhala pays special attention to Armenian literature and writers and has translated the production of Armenian national writer Hovannes Tumanian. He is one of the founding members of the Finnish-Armenian cultural organization. Vanhala is also a former member of the Finnish Aphorism Association. Currently, he is the chairman of the Uusimaa Writers 'Association and the Vantaa Writers' Association, and an Active Member of the Helsinki Poetry Connection. Vanhala gives lectures in libraries, he also organizes and hosts poetry events, and recites his poems in schools, streets and events.

Lauri Vanhala *(s. 1953, Helsinki) on suomalainen runoilija ja kirjailija. Hän aloitti kirjoittamisen vuonna 1978. Vanhala on kirjoittanut mietelmiä, runoja, novelleja, esseitä ja proosaa. Häneltä on julkaistu "Runot I" (Asatour, BoD, 2008), novelli, runot ja sävelteos "Hambarzum" (2015, Vanhala-Lakopoulos), "Hallituksia ja valtoja vastaan" (Mediapinta, Vanhala, 2017), "Graavatun tarunot ja lorunot" (Caravansei kustannus, 2019), ja lisäksi novelleja "Outoja kertomuksia" (Neirol kustannus, 2008) ja romaani "Myrkyllinen maailma" (Neirol kustannus, 2013). Vanhalaa kiinnostaa erityisesti armenialainen kirjallisuus ja kirjailijat. Hän on kääntänyt armenian kansalliskirjailija Hovannes Tumanianin tuotantoa. Hän on yksi suomalais-armenialaisen kulttuurijärjestön perustajajäsenistä. Vanhala on myös entinen Suomen aforismiyhdistyksen jäsen. Nykyisin hän on Uudenmaan kirjoittajat ry:n ja Vantaan kirjoittajat ry:n puheenjohtaja, sekä Helsinki Poetry Connection:n aktiivijäsen. Vanhala pitää luentoja kirjastoissa, järjestää ja juontaa runotapahtumia, ja lausuu runojaan kouluissa, kaduilla ja tapahtumissa.*

Diliana Stoyanova is a spoken-word and sound poet active in the Helsinki poetry community, as well as a PhD candidate in international law at the University of Helsinki. She writes and performs in Bulgarian, English, Finnish and Japanese, on topics ranging from mental health issues to immigration and human rights. In August 2019 Diliana represented Helsinki at the Finnish National Poetry Slam, where she reached the final round and placed 4th overall, being the only foreign-born poet and the only one performing in English. She is also a founding member of the Sound Poetry from HEL experimental art collective and has performed and produced collaborations in Vapaan Taiteen Tila and at the Satakieliklubi.

Diliana Stoyanova *on aktiivinen lava- ja äänirunoilija Helsingin runousyhteisössä. Lisäksi hän tekee väitöskirjaa kansainvälisestä oikeudesta Helsingin yliopistossa. Hän kirjoittaa ja esiintyy bulgariaksi, englanniksi, suomeksi ja japaniksi aiheinaan mielenterveys, maahanmuutto ja ihmisoikeudet. Elokuussa 2019 Diliana edusti Helsinkiä Finnish National Poetry Slam -kilpailussa, jossa hän pääsi viimeiselle kierrokselle ja sijoittui 4. sijalle ainoana ulkomailla syntyneenä ja ainoana englanniksi esiintyneenä runoilijana. Hän on myös Sound Poetry from HEL experimental art collectiven perustajajäsen ja on esiintynyt ja tuottanut yhteistapahtumia Vapaan Taiteen Tilassa ja Satakieliklubissa.*

Shashank Mane is an Indian born author and poet living in Finland. His short stories and poetry have appeared through various channels since 2015. He published his debut collection of short stories and poetry, Moments, in 2017 and his latest collection of short stories, Glass Streams, in 2020.

Shashank Mane *on Intiassa syntynyt kirjailija ja runoilija, joka asuu Suomessa. Hänen novellinsa ja runonsa ovat ilmestyneet eri kanavien kautta vuodesta 2015 lähtien. Hän julkaisi ensimmäisen novelli- ja runokokoelmansa "Moments" vuonna 2017, ja viimeisimmän novellikokoelmansa "Glass Streams" vuonna 2020.*

Leena Kellosalo is a Finnish writer and poet born in Tampere. She is FM graduated from the University of Turku in 1981. She has published the poetry books "Leonardo sai siivet" (tr. Leonardo got wings), Ntamo 2015; and "Hevosenpääsumussa" (tr. In the Orion Nebula), Ntamo 2018. Kellosalo received the 2018 Tampere City Literature Prize for her second poetry book. Her third book is "Fireflies over Tammela", which will be published by Ntamo in 2021. Kellosalo has been the editor of four poetry anthologies between 1989 and 2011. The last one, "Olen vain kylmien soiden haikara" (tr. I am just a heron of cold swamps", received the first prize of the Päätalo-competition. She also has been awarded the Celias audiobooks second prize in 1998. Since 1993, Kellosalo has participated in many literary and theatre festivals and events, like also has been invited to the cultural radio programs of the Finland's Public Broadcasting Company Yle. Her working experience is diverse: lecturer and teacher of rhetoric and creative drama, literature critic, translator of Swedish lyric and drama, librarian, actress, tourist guide in the Ruovesi Art museum of Akseli Gallen-Kallela and in the Castle of Turku, typewriter, planter, practical nurse and fish packer in a Norwegian factory ashore the Artic Ocean. She usually reads her poems accompanied by a singer and a guitarist. Her first two poetry books can be heard in Celia, the centre for accessible literature and publishing in Finland. Kellosalo's poems have been also translated into Spanish, English, German, Chinese, Swedish and Esperanto.

Leena Kellosalo *on Tampereella syntynyt kirjailija ja runoilija. Hän on Turun yliopistosta 1981 valmistunut FM. Hän on julkaissut runokokoelmat "Leonardo sai siivet" Ntamo 2015; ja "Hevosenpääsumussa", Ntamo 2018. Toisesta kirjastaan Kellosalo sai Tampereen kaupungin vuoden 2018 kirjallisuuspalkinnon. Hänen kolmas runokokoelmansa on "Tulikärpäsiä Tammelan yllä", jonka Ntamo julkaisee 2021. Kellosalo on toimittanut neljä antologiaa 1989-2011. Viimeisin, "Olen vain kylmien soiden haikara", sai ensimmäisen sijan 2011 Päätalo-kilpailussa. Kellosalo sai 1998 Celian äänikirjapalkinnon (2. sija). Vuodesta 1993 lähtien Kellosalo on esittänyt runoja monilla kirjallisuus-, teatteri- ja musiikkifestivaaleilla, tapahtumissa ja Yleisradiossa. Hän on luennoitsija, opettanut kirjallisuutta, luovaa kirjoittamista, puheoppia, lausuntaa ja ilmaisutaitoa. Hän on ollut kustannustoimittaja ja kirjallisuuskriitikko, lukenut äänikirjoja, kääntänyt ruotsinkielistä lyriikkaa ja näytelmän, työskennellyt kirjastoissa, näytellyt teattereissa ja monologikiertueilla, toiminut oppaana Akseli Gallen-Kallelan erämaa-ateljeessa Ruovedellä ja Turun Linnassa, ollut konekirjoittajana sanomalehdessä, istuttanut puita ja harventanut sokerijuurikkaita, ollut lähihoitajana Ruotsissa ja kalanpakkaajana norjalaisessa kalatehtaassa Jäämeren rannalla. Kellosalo esittää usein runojaan laulajan ja kitaristin kanssa. Kaksi ensimmäistä runoteosta on ilmestynyt myös Näkövammaisten kirjaston, Celian, äänikirjoina. Kellosalon runoja on käännetty espanjaksi, englanniksi, saksaksi, kiinaksi, ruotsiksi ja esperantoksi.*

Diana Mistera is an Italian poet, writer and translator. She has lived in Finland since 2003. Her first poetry book "Wingless" was published in English in 2007 (Locopress, self-publishing). Mistera has published two books of her trilogy "Orpheus": "Orpheus" (2015) and "Il Demone dello specchio" (2017), both with the Italian publisher Lettere Animate. The final book of the trilogy is an ongoing work. In Finland she has been part of the multicultural project Runokohtauksia in Turku, where the translator of her poems was Tommi Parkko. Mistera has participated in the poetry anthology "Runokohtauksia" (Robustus, 2015). She also has been part of Sivuvalo-project in Helsinki. She also translates from English into Italian for the Italian publisher PubMe. In 2020 her second poetry book was published: "Before the dawn...after the dusk" (BoD, self-publishing).

Diana Mistera *on italialainen runoilija, kirjailija ja kääntäjä. Hän on asunut Suomessa vuodesta 2003. Ensimmäinen runokirja "Wingless" julkaistiin englanninkielisenä vuonna 2007 (Locopress, omakustanne). Italialaisen Lettere Animate -kustantajan kanssa hän on julkaissut kaksi kirjaa, jotka kuuluvat trilogiaan nimeltä Orpheus: "Orpheus" (2015) ja "Il Demone dello specchio" (2017). Trilogian viimeinen osa on tulossa. Suomessa hän on ollut mukana monikulttuurisessa Runokohtauksia-projektissa Turussa, jonka aikana Dianan runojen suomentajana toimi runoilija Tommi Parkko. Mistera on mukana vuonna 2015 julkaistussa antologiassa "Runokohtauksia" (Kustantamo Robustus). Hän on ollut myös osa Sivuvalo -projektia Helsingissä. Ajoittain hän tekee italialaiselle PubMe-kustantamolle käännöksiä italiasta englanniksi. Vuonna 2020 julkaistiin toinen englanninkielinen runokirja "Before the dawn...after the dusk" (BoD, omakustanne).*

Farzaneh Hatami Landi is an Iranian born Finnish poet. She moved to Finland in 1990. Hatami has been interested in literature since she was very young, but she has written poetry actively while living in Finland. Her first poetry book "Varjojen ääni, The voice of shadows" (Vihreä Sivistysliitto) was published in 2004 in a trilingual edition in Finnish, English and Farsi languages.

Farzaneh Hatami Landi *on iranilaissyntyinen suomalainen runoilija. Hän muutti Suomeen vuonna 1990. Hatami kiinnostui runoudesta hyvin nuorena, mutta hän kirjoittaa aktiivisesti vasta kun asui Suomessa. Hänen esikoisrunokokoelmansa "Varjojen ääni, The voice of shadows" (Vihreä Sivistysliitto) julkaistiin 2004 suomeksi, englanniksi ja farsiksi.*

Ye Yint Thet Zwe (b. 1965, Yangon) a poet born in Myanmar (Burma) living in Finland since 2010. Ye Yint studied Myanmar Literature at the Correspondent University of Yangon. He was actively involved in the 8888 student revolution and left Burma in 1990. He has lived in Thailand, Malaysia, Singapore and Japan until he finally settled down in Finland. His first poetry collection is "We hate war, mother!" and was published in a trilingual edition by Sivuvalo-project in Helsinki in 2017. His second poetry collection is "Menetetty polku" (tr. The lost truck) and has been translated into Finnish by poet Lauri Vanhala. Ye Yint has been very active in the literary community, participating in many literary events and poetry festivals in Finland, like The Month of a Hundred Languages, Runokuu in Helsinki, Runoviikko in Turku and Runosvengi's events. His poetry was the subject of the film "The Journey of a Broken Bird" directed by Mexican engineer and photographer Jaime Culebro. The film, released in 2016, tells the story of Julia and Ye Yint's journey through the streets of Helsinki. He founded the independent Burmese library Ahara with the help of other writers in Tokyo, Japan, to preserve their heritage. Ye Yint has been editor, journalist, photographer and a poetry collaborator for Burma Today News Media, MMM

Media, Dawn O Way magazine and Moe Ma Kha online Magazine. Ye Yint's poems have been published in poetry anthologies and literary magazines in Burmese, English or Finnish. His poems have been translated into Spanish too.

Ye Yint Thet Zwe *(s. 1965, Yangon) runoilija syntynyt Myanmarissa (Burmassa), asunut Suomessa vuodesta 2010. Ye Yint opiskeli Myanmarin kirjallisuutta Yangon etäyliopistossa. Hän oli aktiivisesti mukana 8888-opiskelijoiden vallankumouksessa ja lähti Burmasta vuonna 1990. Hän asui Thaimaassa, Malesiassa, Singaporessa ja Japanissa, kunnes hän asettui lopulta asumaan Suomeen. Hänen ensimmäinen runokokoelmansa "We hate war, mother!" julkaistiin kolmikielisenä versiona Sivuvalo-projektissa Helsingissä vuonna 2017. Hänen toinen runokokoelmansa on "Menetetty polku", ja sen on kääntänyt suomeksi runoilija Lauri Vanhala. Ye Yint on ollut hyvin aktiivinen kirjallisuusyhteisössä. Hän on osallistunut moniin runotapahtumiin ja festivaaleihin Suomessa, kuten Satakielikuukausi, Runokuu Helsingissä, Runoviikko Turussa ja Runosvengin runotapahtumat. Hänen runoutensa inspiroi meksikolaisen insinöörin ja valokuvaaja Jaime Culebro ohjaamaan runoelokuvan "Rikkoutuneen linnun matka". Runoelokuva, julkaistu vuonna 2016, kertoo Julian tarinasta ja Ye Yintin matkasta Helsingin kaduilla. Hän perusti vapaan burmalaisen Ahara-kirjaston Tokioon muiden kirjailijoiden avulla säilyttämään heidän perintöään. Ye Yint on myös toiminut editoijana, toimittajana, valokuvaajana ja runoilija- yhteistyökumppanina Burma Today News Mediassa, MMM Mediassa, Dawn O Way-lehdessä ja Moe Ma Kha -verkkolehdessä. Ye Yintin runoja on julkaistu antologioissa ja kirjallisuuslehdissä burmaksi, englanniksi ja suomeksi. Hänen runojaan on käännetty myös espanjaksi.*

Msblackrose was born in 1978 in Bilbao, Spain. She moved to Turku, Finland in August 2006. Her literary texts have been published in different anthologies with the association "Escribe y Lee" in Bilbao. Msblackrose has also been selected to participate in many anthologies through online competitions with "Diversidad literaria". She has self-published a narrative " Todavia sigo allí ", and her first poetry collection "Sangrando Poemas" in 2014. She has performed in Spanish, English and Finnish in many and different events, e.g in the Poetry Week in Southwest Finland, in different Poetry Clubs, in Litera Baltica's event, in Maailma Kylässä festival, and for many years in the Book Fair in Turku. She placed third at Turun Poetry Slam competition in 2013. Her translated poetry has been published in Kaltio and Lumooja magazines. In 2015 was published the poetry anthology Runokohtauksia, in which her texts were translated by Esa Hirvonen. She is member of the board of Runoviikko association in Southwest Finland.

Msblackrose *syntyi vuonna 1978 Bilbaossa Espanjassa. Hän muutti Suomeen, Turkuun elokuussa 2006. Hänen tekstejään on julkaistu eri antologioissa Bilbaossa "Escribe y Lee" -yhdistyksen kanssa. Msblackrose on myös valittu osallistumaan moniin antologioihin verkkokilpailuissa "Diversidad literaria" kanssa. Häneltä on julkaistu omakustanteena kertomus "Todavia sigo allí", ja ensimmäinen runokokoelma "Sangrando Poemas" vuonna 2014. Hän on esiintynyt espanjaksi, englanniksi ja suomeksi monissa erilaisissa tapahtumissa, kuten Varsinais-Suomen Runoviikolla, erilaisissa runokerhoissa, Litera Baltican tapahtumassa, Maailma Kylässä -festivaaleilla ja monien vuosien ajan Turun kirjamessuilla. Hän sijoittui kolmanneksi Turun Poetry Slam -kilpailussa vuonna 2013. Hänen käännettyjä runojaan on julkaistu Kaltio ja Lumooja -lehdissä. Vuonna 2015 julkaistiin runoantologia Runokohtauksia, johon hänen tekstejään käänsi Esa Hirvonen. Hän on Runoviikko-yhdistyksen hallituksen jäsen Varsinais-Suomessa.*

Anna Paula Herrera (b. 1991) is a Finnish-Mexican feminist educator residing in Helsinki who finds fuel for life in the arts and politics and soothing for the soul in animals and dance. She mainly writes in her own diary, with the exceptions of some texts and poems she has published online.

***Anna Paula Herera** (s. 1991) on Helsingissä asuva suomalais-meksikolainen feministinen pedagogi, joka löytää polttoainetta elämään taiteesta ja politiikasta ja rauhoittaa sieluaan eläinten parissa ja tanssimalla. Yleensä hän kirjoittaa omaan päiväkirjaansa lukuun ottamatta joitain verkossa julkaisemiaan tekstejä ja runoja.*

Mohamed Sleiman Labat is a poet and a visual artist, born and raised in the Saharawi refugee camp in the Hamada desert, southwest Algeria. He is also a photographer and video artist. He took his primary education in the refugee camp before moving to study English literature at the University of Batna, Algeria. After graduation, he returned to Samara Refugee Camp to help, support and inspire his community with the arts and the education he received. In 2014, Sleiman Labat collaborated with poet Sam Berkson and they published 'Settled Wanderers.' They collected poems from the Saharawi oral traditions from the greatest Saharawi poets alive and produced the first English translation. Mohamed built Motif Art Studio in Samara Camp, an art space built entirely from discarded materials. The studio now is a creative hub for art creation and art education in the camps. Mohamed works and collaborates with local and international artists. He was undertaking an art and research residency at Kone Foundation residency in Lauttasaari, Helsinki, in 2019.

***Mohamed Sleiman Labat** on runoilija ja kuvataiteilija, syntynyt ja kasvanut Saharawin pakolaisleirillä Hamadan autiomaassa Lounais-Algeriassa. Hän on myös valokuvaaja ja videotaiteilija. Hän aloitti peruskoulutuksensa pakolaisleirillä ennen siirtymistään opiskelemaan englantilaista kirjallisuutta Batnan yliopistoon Algeriaan. Valmistuttuaan hän palasi Samaran pakolaisleirille avustamaan, tukemaan ja innoittamaan yhteisöään taiteilla ja hankkimallaan koulutuksella. Vuonna 2014 Sleiman Labat teki yhteistyötä runoilija Sam Berksonin kanssa ja he julkaisivat kirjan "Settled Wanderers". He keräsivät runoja suullisesta perinteestä arvostetuimmilta eläviltä Saharawin runoilijoilta ja tuottivat ensimmäisen englanninkielisen käännöksen. Mohamed rakensi Motif Art Studion Samaran leirissä, joka on kokonaan hävitetyistä materiaaleista rakennettu taidetila. Studio on nyt leirien taiteellisen luomisen ja taidekasvatuksen luova keskus. Mohamed työskentelee ja tekee yhteistyötä paikallisten ja kansainvälisten taiteilijoiden kanssa. Hän oli taiteen ja tutkimuksen residenssitaiteilija Koneen säätiön residenssissä Helsingin Lauttasaaressa vuonna 2019.*

Yaseen Ghaleb is an Iraqi writer who is currently based in Helsinki, Finland, since 2015. In 2005 he graduated as Bachelor of English Arts from the University of Basra, Iraq. Ghaleb is a writer of prose, articles and poetry. He is interested in pursuing dramatic writing. He got a grant from The Arts Promotion Centre Finland (Taike) to write his first novel and short stories collection. His novel "15+" was published in 2020 in Cairo. Ghaleb is a member of Finnish writers associations such as Kiila ry, Suomen Pen, English Pen, Uudenmaan Kirjoittajat ry, Teksti ry and Nuoren Voiman Liitto. His poetry collection project in English and Finnish will be published in 2021 by Enostone Press.

Yaseen Ghaleb *on irakilainen kirjailija, joka on asunut Helsingissä vuodesta 2015. Vuonna 2005 hän valmistui englannin kandidaatiksi Basran yliopistosta Irakista. Ghaleb on proosan, runojen ja artikkelien kirjoittaja. Hän on kiinnostunut draaman kirjoittamisesta. Ghaleb on saanut Taikelta apurahan ensimmäisen romaani- ja novellikokoelman kirjoittamiseen. Hänen romaaninsa "15+" julkaistiin vuonna 2020 Kairossa Hän on kirjailijajärjestöjen, kuten Kiilan, Suomen Penin, English Penin, Uudenmaan Kirjoittajien, Tekstin ja Nuoren Voiman Liiton jäsen. Häneltä on tulossa runokokoelma englanniksi ja suomeksi, ja se julkaistaan Enostonen kustantamana vuonna 2021.*

Acknowledgement Kiitokset

Runosvengi kiittää Andy Willoughbyn lisäksi Helsingin keskustakirjasto Oodia, kaikkia runoilijoita ja kääntäjiä, jotka ovat osallistuneet tämän antologian tekemiseen. Kirjamme syntyi rakkaudesta runoon pitkälti vapaaehtoisvoimin niiden ihmisten kanssa, jotka tapasimme Runosvengin järjestämissä tilaisuuksissa. Kohtasimme runojemme kautta kääntämättömän luonnon, vaikka kuinka yritimme ymmärtää sitä. Samalla ylitimme kieli- ja kulttuurirajat, löysimme hämmentyneen ihmisen muuttuvan luonnon äärellä. Koemme olevamme yhdessä enemmän kuin yksin, sillä vaimeasti lorisevat purot muodostavat yhdessä tuhansien järvien maan sekä koskien huumaavan pauhun.
Kiitämme Sinua, rakas lukijamme. Ilman Sinua runojemme ajatukset puhuttelisivat vain kirjoittajia itseään. Siksi iloitsemme, kun avasit sydämesi runoillemme. Anna näiden runojen soljua tajuntaasi, herätellä kenties uinuvat tunteesi, havahtua olemaan osa luontoa, löytää itsemme itsesi sieltä.

In addition to Andy Willoughby, the Finnish poetry collective Runosvengi thanks to Helsinki Central Library Oodi for hosting our workshops and all the poets and translators who have contributed to this anthology. Our book was born out of a love of poetry largely by volunteering with the people we met at events organized by Runosvengi. Through our poems, we encountered untranslated nature, no matter how we tried to understand it. At the same time, we crossed language and cultural boundaries, finding a confused person on the edge of a changing nature. We feel like we are more together than alone, as the faintly lazing streams together form the land of thousands of lakes as well as a heady roar.
Thank you, dear reader. Without You, the thoughts of our poems would only speak to the authors themselves. That is why we rejoice when you opened your heart to our poems. Let these poems buckle into your consciousness, awaken your perhaps dormant feelings, wake up to be a part of nature, find yourself ourselves.

Riika Kotka
Runosvengi

RUNOSVENGI -KOLLEKTIIVI